KB021395

당신 생각 소나기로 쏟아지는 날

당신 생각 소나기로 쏟아지는 날

다인숲시선 03 / 김강호 시집

다인숲

/ 시인의 말 /

어둠이 무너질 때까지

소쩍새는 울고

먼 길을 걸어온 별들은

꽃으로 핍니다

시집에 모여 사는 시들이

한반도 평화와

세계 평화를 위해

전령사로 날아가면

좋겠습니다

진안 '시 샘터'에서

/ 차례 /

제2부_ 잠 깨어 서성이는 운주사 와불

제3부_ 문장의 지느러미

제4부_ 평화에 긋는 밑줄

제1부 / 원형의 기다림

녹슨 문고리

어둠이 굴려내는 보름날의 굴렁쇠가
지상으로 굴러와 문에 턱, 박힐 때쯤
뎅그렁 종소리 내며 내간체로 울었다

원형의 기다림은 이미 붉게 녹슬었다
윤기 나던 고리 안에 갇혀 있던 소리들이
키 낮은 섬돌에 내려 별빛으로 피고 졌다

까마득한 날들이 줄지어 둥글어져
알 수 없는 형상으로 굳어 있는 커다란 굴레
어머니 거친 손길이 다시 오길 기다렸다

어머니의 눈

요양원 유리창에
눈망울이 붙어 있다

흐릿한 동공 속엔
눈꽃이 흩날리고

그 눈꽃 맞으면서 올
아들이 그리운 듯

세상을 다 담아도
아들보다 작은가 보다

유리문에 달라붙어
망원경이 되어버린

눈으로 빨려 들어간다
서럽도록 따뜻하다

마른 꽃이 고운 날

요양원 유리창 쪽 웃고 있는 마른 꽃
잠깐 새 앙증맞고 아름답게 보여서
눈시울 그렁해지며 나도 따라 웃는다

저, 마른 꽃 본향은 산골마을 너덜겅
능선보다 긴 슬픔 조심스레 개키면서
뒤엉긴 삶의 매듭을 풀었다 되 묶는다

인생 바구니에서 기억들을 꺼내어
허공에 흩고 있는 아흔 살의 마른 꽃
오늘은 혈색이 돌아 생화보다 고왔다

담채화

창가에 기대어서 기억의 실 뽑는 어머니
잘 뽑아 올리다가 툭 잘리는 곰삭은 실
멋쩍게 날 쳐다보며 실소를 하고 있다

지금은 아득히 먼 밭을 매고 있나 보다
캐내야 할 잡초 대신 알곡만 골라 캐다가
덧없이 난든집으로 반질해진 몽당 호미

어머니 속긋 있어 또렷하게 새긴 내 삶
행복이 굼벵이처럼 에돌아간 고향 집에서
깊은 밤 우울한 시로 기억의 실 잇고 있다

메마른 가슴 우물에
당신이 울컥 넘쳐서요

당신이 남긴 사랑 반딧불에 펴보는데요
봉숭아 꽃씨인 양 탱탱한 슬픔의 낱알
마당이 흥건하도록
밤새껏 터뜨려서요

어둠의 커튼 걷으면 도드라진 별 무리
쏙독새가 쪼아댈 때 아픔이 흘러내려
길고 긴 이별의 길에
은목서로 피어서요

지울수록 억세게 돋아나는 생각들을
뿌리까지 뽑아내어 하얗게 태우는 밤
메마른 가슴 우물에
당신이 울컥 넘쳐서요

주남저수지에서

눈이 먼 사랑 한 줌 꽃으로 피워놓고
머잖아 올 것처럼 돌아보며 멀어져 간

긴 장마 하늘보다 더
눈물이 많던 당신

종일토록 서성이며 소식을 기다리다가
마음에 날개 돋은 난, 어느덧 개개비

연꽃 밭 들락거리며
울음 쏟아 놓고 있다

내 슬픔 빠져나가 노을로 번질 무렵
연잎에 고인 눈물 엎지르고 가는 바람

온몸이 녹아내릴 듯
그리움은 아프다

곁불

보름에서 그믐까지 온몸이 야위도록
달빛으로 써 내려간 절명 시 같은 편지
난 정녕 읽지 못하고 두견새가 읽어서요

귀뚜리 울음 쌓인 돌담에 다가서면
눈시울 그렁하게 맺히는 당신 생각
그리움 긴 대궁마다 겹꽃으로 피어서요

서너 평 하늘에 박힌 점자 같은 별들을
마디 굽은 손가락으로 더듬어 볼 때마다
피멍 든 날들이 스며 망울망울 맺혀서요

선달그믐 적막 속에서 활짝 웃는 납매臘梅를 보며
당신이 날 위해 피운 곁불이라 생각하니
백 년쯤 겨울이라 해도 행복할 것 같아서요

낡은 풍경

아버지 애틋한 정이 섬돌로 놓인 고향 집
다 낡은 검정 장화 커다란 구멍 속엔
지금도 개구리울음 찌개 끓듯 끓고 있고

햇살에 졸고 있는 사랑채 툇마루엔
선거판 비리 물고 요동치던 먹빛 뉴스가
먼지 낀 라디오 속에 혀 잘린 채 갇혀 있고

오동꽃 그림자가 넓어지는 골목엔
집 나간 세월이 맨발로 돌아와서
집안을 서성이는지 바람이 움찔대고

자갈밭 갈아엎던 늙은 소 되새김 소리
어둠을 들이받던 염소의 뿔 소리가
뻴쭘한 외양간에서 딸각거리다 잠이 들고

고맙다, 집

기운 몸 겨우 추스른 어머니처럼 앉아서
방황의 꼬리 자르고 어서 돌아오라며

목이 쉰 낮은 소리로
늦은 밤 집이 불렀다

얼어버린 몸뚱어리 칼바람 맞으면서
일용직 난간에서 냄비처럼 일그러질 때

내 귀는 낡고 초라한
집에 닿아 있었다

고맙다, 지난한 세월 지탱해 준 포근한 집
무너진 기억에서 빛이 돋아 오르고

꽃씨들 도란거리며
감았던 눈 뜨고 있다

몽당빗자루

볼긋한 웃음소리 반짝이는 수수밭

좋았다, 탐스럽게 익어가던 수숫대 사랑

오붓한 늦여름 한때 하늘 아미 흔들렸다

알알이 익은 날들 기억에 담아 놓고

튼실한 빗자루 되어 누추를 쓸어 가면

내 몸이 닳아질수록 행복은 차올랐다

어느새 뭉툭해진 내 모습 들여다보며

“이젠 날 버려도 좋아” 말을 하고 돌아설 때

남몰래 쌓인 슬픔이 숨죽이며 흘렀다

실루엣 가을

당신의 깊은 가을엔 상상의 조롱박 있어
어제는 은목서 꽃향기를 퍼내더니
오늘은 죽음보다 슬픈
이별 노래 퍼낸다

당신의 깊은 우물엔 우울한 하늘이 있고
투박한 꿈 한 덩이가 똬리를 틀고 있다
퍼내도 마르지 않을
코뚜레가 풀린 채

당신의 골짜기에는 외줄기 물소리 살고
외로움 길게 늘인 눈 젖은 기린이 산다
지워도 지워지지 않는
실루엣에 잠긴 가을

빛바랜 일기

어머니는 어둠에 묻힌 호미를 꺼내 들고
산바라기 자갈밭으로 가난을 매러 갔다
덜 깬 잠 구들장에 놓고 나도 따라나섰다

축 늘어진 허기와 앙알대는 설움이
반질한 호미 끝에서 쉼 없이 뽑혀 나올 때
구름이 비 한 두레박 느닷없이 쏟고 갔다

어정쩡 젖은 옷자락 몇 번 툭툭 털다가
뽕나무에 슬그머니 오디새처럼 기어들어
어머니 젖꼭지 같은 오디를 따 먹었다

두런대며 뽑아 놓은 설움 무더기 버리고
떠오르는 햇덩이에 흙 묻은 손 밀어 넣자
한바탕 미쁜 가난이 따사롭게 만져졌다

당신 생각 소나기로 쏟아지는 날이면

당신 생각 지평선만큼 끝 모르게 길어서
수시로 둘둘 말아 가슴 깊이 묻어두고
남몰래 숨을 죽이며 보석이듯 꺼내 봤다

당신 생각 아파서 깊은 상처 동여맬 때
작설차는 연둣빛 울음소리로 끓고 있고
뒷산 숲 오솔길쯤엔 싸라기별 쏟아졌다

당신 생각 끊임없이 잔물결로 밀려와
갯돌 같은 이야기를 자그르르 쏟으면
내 귀는 자루가 되어 넘치도록 받았다

당신 생각 소나기로 쏟아지는 날이면
슬픔 깊은 이별 강 목을 늘린 새가 되어
강물이 붉어지도록 피 토하며 울었다

책 등

내소사 꽃살 무늬 온몸에 둘러 입고
변산반도 파도 소리 큰 귀에 담으면서
긴 날개 접은 당신이
우울하게 서 있습니다

상처 깊은 인생 내력 깊은 몸에 가둔 채
행여 눈물 보일까 봐 등 돌리고 있지만
처마 끝 그믐 달빛도
당신 마음 읽습니다

두견새 울음소리 소복하게 쌓일 때
견뎌온 슬픔 둑이 터질 것만 같아서
당신을 소리쳐 부르자
야윈 등이 무너집니다

제2부 / 잠 깨어 서성이는 운주사 와불

다시, 베아트리체

죽도록 사랑한 죄 하늘만큼 깊어서
두오모 성당의 종 온몸으로 쳐 울릴까
당신이 묻힌 그곳에 내 혼마저 포갤까

밤마다 요동치는 그리움 만져 보고
하늘나무 흔들어서 별빛 쏟아지거든
못다 한 고백을 꺼내 구절초로 피워 볼까

시혼을 터트려서 바다가 되는 그날
투명한 당신 눈물 폭포로 쏟아다오
비련에 눈 멀 것 같은 내 사랑 베아트리체

너도 바람꽃

사랑 불
내게 긋지 마
재가 될까
두려워

피다가
떠날 거면
피지 말고
그냥 가

봄 뒤란
눈물 훔치며
아니 온 듯
가는 꽃

모란

너희는 기도를 위한
믿음의 입술이었다

주린 자들 찾아가
허기를 채워주려고

늦은 봄 담장 아래 모여
삼삼오오 피었다

햇살 같은 기도가
가난에 떨어져서

몇 끼의 양식이 되고
따뜻한 위로가 된다

점점 더 붉게 달아오른
통성기도 한 무더기

가을 여인

가을에 젖은 여인은 한 편의 시가 되고
잠 깨어 서성이는 운주사 와불이 되고
쪽빛을 가르며 가는
한 마리 새가 된다

아득한 뒤태에는 샬리니 향기가 피고
건반을 빠져나온 풍금 소리가 피고
갈대밭 시름 헹구는
보랏빛 노을이 핀다

단풍의 붉은 혀가 여인을 빨아들이자
목마른 사내 가슴은 느닷없이 덜컹거리고
구멍 난 하늘 어귀에선
별 한 됫박 쏟아진다

동강, 붉은 메밀꽃

사랑이 목마른 날엔 동강으로 가거라
가슴이 붉게 물들어 노을로 번질 무렵
쌓였던 아픔을 울컥 토해낸 넌, 붉은 꽃

이별 없는 사랑이 어딘들 없겠는가
달빛에 취해서 한잔 공허에 취해서 한잔
바람이 오기도 전에 꽃대 먼저 흔들린다

죽을 만큼 아프거든 마음 질끈 감거라
사무친 꽃보라가 슬픔을 씻고 간 뒤
잘 여문 귀엣말들을 담아 가는 아, 동강

몽환夢幻

풀벌레 우는소리에 몰입한 적 있었다
동굴만큼 깊어지는 감성의 여린 귀를
달빛이 흥건한 숲에 묻어본 적 있었다

잠자리 날개 접듯 생각 접은 적 있었다
뚝 멎은 시간 속에 안개처럼 스며들어
아, 내가 잠깐 사이에 사윈 걸 본 적 있었다

고전에서 풀린 기운에 잠겨본 적 있었다
빛바랜 단청 숲을 헤엄쳐 다니다가
처마 끝 풍경이 되어 울어본 적 있었다

꽃을 너무 사랑해서 미쳐본 적 있었다
검은 나비가 되어 꽃술을 더듬거리며
뿌리가 보일 때까지 빨아본 적 있었다

바다를 흠모해서 품어본 적 있었다
쉼 없이 달려드는 파도의 입에 뜯겨
희뿌연 뼈만 남은 채 떠다닌 적 있었다

달려온다, 봄

겨울이 앙탈 부려도 봄은 성큼 달려온다
장원급제 이도령이 춘향이 만나러 오듯
지체할 겨를도 없이 눈 깜짝할 새 달려온다

고을을 휘어잡고 호시절 보낸 겨울은
암행어사 출두 같은 마파람 소리에 놀라
변 사또 기절초풍하듯 까무러져 나뒹군다

주눅 들어 살아온 잡초들이 뛰쳐나와
월매, 방자, 향단이듯 흥에 겨워 들썩이며
한바탕 하늘 덮도록 꽃을 펑펑 터뜨린다

‘나’라는 봄

어느덧 겨울 끝 무렵 잔설 남은 가슴에
숨 돌릴 겨를도 없이 넌, 순식간 달려와서
나더러 또, 어쩌라고 사랑 불 붙여놓는가

활짝 핀 네 웃음을 모둠 손에 받아 쥘 즈음
꿈인 듯 넌, 떠나고 짙푸른 여운만 남아
긴 긴 밤 난, 울컥거리며 생채기를 덮는데

작은 새 울음에도 산이란 산 다 무너져
‘너’라는 꽃 차마 못 잊고 주저앉은 ‘나’라는 봄은
하늘을 끌어당겨서 눈시울이나 닦고 있다

감자꽃

다정하게
피워 놓던

넌,
흰 웃음
난,
자줏빛 웃음

수십 년
세월 흘러

고향에서
우리 만났네

쭈그렁
넌,
하얀 감자

쭈그렁

난,

자주감자

치자꽃

폭발성이 강력한
향기를 장착하고

불면에 뒤척이는 밤
숨죽이며 다가와

내 마음 저격해 버린 넌
사랑의 테러리스트

도다리

뒤늦은 꽃샘바람에 불면증을 앓던 너
퉁퉁 부은 눈두덩이 이별 쪽으로 쏠렸고
사랑이 떠난 날부터 몸져눕고 있었다

상처를 토해내는 갯돌밭 노을 무렵
아픔을 다 읽은 듯 가마우지 돌아가고
파도가 혼절한 너를 깨워주고 있었다

슬픔의 긴 꼬리가 수평선을 넘는 밤
네가 남긴 눈물방울 똘망한 별로 떠서
무너진 가슴 벼랑을 일으키고 있었다

개복숭아 사랑

볼그스름 저녁놀이 내려앉던 강점기
복사꽃 빛 고, 미쁜 게 감쪽같이 끌려 간 뒤
하, 그리 불러재껴도
기별 한 번 없습디다

층층 깊은 기억 갈피 허튼 생각 자꾸 돌아
눈물로 어룽져서 끈끈하게 흐를 때면
독하게 남은 상처에
피고름만 도집디다

청춘 죄다 말라붙은 채 폭삭 늙어 돌아와
끓는 울화 퍼내어 초록으로 펼쳐두고
쭈그렁 젖퉁어리를
얄망궂게 숨깁디다

수만리 세월을 감아 뼘 남짓 된 둘 사이
산 같은 설움 삭이고 청춘으로 다시 피어
지난날 잊고 살자 해도
돌아서고 맙니다

다산多産

흐드러져 웃음 짓는
참깨 꽃밭, 별 밭이다

어쩌랴 잠깐 사이
만삭이 된 저 여인들

한바탕 술렁거리는
조롱박만 한 산골 마을

몸이 휠 듯 볼록한 배
다투어 내밀더니

출산 날 오기도 전에
터지는 울음소리

한바탕 신명이 났다
오돌또기 참깨 타령

제3부 / 문장의 지느러미

시 굽는 마을

반딧불이 빗금 긋는 강변마을 외딴집
사무치게 서러운 소쩍새 울음 받아
시인은 시 한 덩이를 이슥도록 굽고 있다

설익어서 더 구우면 숯덩이가 되곤 하는
드센 시와 씨름하다 지쳐버린 행간엔
상상의 완행열차가 덜컹이며 지나갔다

짓누르는 잠을 못 이겨 시인이 잠자리 들자
처마 끝 별들이 와서 시 굽는 시늉하더니
원고지 칸칸마다에 애벌레처럼 들었다

원고지에 대한 생각

1.
사각형의 붉은 그물 던져놓은 망망대해
좀처럼 대어들이 걸려들지 않는다
눈부신 비늘 뒤집으며 난바다로 달아날 뿐

2.
잘 정리된 농경지에 묻혀 있는 알토란을
시름 하며 캐내는 분주한 상상의 손
참, 오래 기다렸다는 듯 얼굴 내민 미쁜 것들

3.
홀로 타고 떠나는 목적지 모를 열차
어두운 객실마다 별빛 달아 엮으며
한줄기 문장을 찾는 밤이 마냥 푸르다

시의 해부학

메스의 날 끝에서 비명이 떨어진다
시마다 색다르게 뿜어내는 찬연한 피를
투명한 비평 그릇에 조심스레 받는다

어떤 시는 단단해서 메스를 튕겨내고
어떤 시는 메스를 피해 정신없이 달아나고
또 어떤 주눅 든 시는 지레 먼저 자폭했다

무성했던 군더더기 말끔하게 잘라낸 뒤
절개한 시편들의 몸통을 봉합하자
침묵은 움켜쥐었던 긴장의 끈 놓는다

문장의 지느러미 날렵하게 뒤집으며
여운의 바다로 가는 등 맑은 시를 볼 때
난 잠시 반가사유상, 엷은 미소 짓는다

M 시인에게

내 시를 씹어 보시게 달콤한지 씁쓸한지
시즙이 탱탱한지 껍질만 남았는지
씹다가 뱉어야 할지 곱씹어도 되는지

쓸수록 부족하고 글맛이 나질 않아
완성된 후에도 내놓기 부끄럽네
언제쯤 까무러지도록 맛깔난 시 내밀지 몰라

언뜻 봐도 좋은 시는 윤기가 차르르 돌 데
M 시인 시 맛에 빠져 밤새도록 안달하다가
종내는 뿌리째 뽑아 잘근잘근 씹었지

시심이 돌아앉아 딴죽을 거는 날엔
툇마루 사운 대는 별빛이나 만지면서
피 토해 시를 쓰라는 두견 울음 씹곤 하지

시가 불쑥 왔다 간 밤

깊은 밤 취기에 젖어 달빛에 빠졌는데
지나던 시가 불쑥 마음 열고 들어오더니
한동안 두리번거리며 앉을 자리 찾고 있다

두서없이 두런대는 호흡 짧은 언어들이
설레는 심금 퉁기며 울리는 시늉하다가
잠깐 새 흔적도 없이 내 안에서 사라졌다

감꽃만 툭, 져도 무너지는 가슴인데
아무 일 없었던 듯 손님 같은 시는 가고
잡힐 듯 잡히지 않는 실루엣만 아른댔다

시편. 1

산 하나
옮기는 일
긴 강 풀어
놓는 일

붉게 달군
시 한편
모루에
올려놓고

은장색
숨을 죽이며
그믐달로
벼리는 일

니힐리스트

긴 문장 움켜쥐고

수만리 달려와서

한 소절도 읽지 못하고 쓰러지는 파도의 일생

저렇게 생은 끝났다

포말만 남겨둔 채

몽돌

파도가 올 때마다
시심을 움켜쥐고

난 그만 너무 기뻐
온몸으로 맞습니다

가끔은 젖은 고독을
햇살에 말리면서…

갈매기 울음소리
파도보다 푸른 날은

귀얄무늬 그리움을
홀로 꺼내 읽다가

수평선 감았다 풀며
자르르 웃습니다.

발

너를 가만 들여다보면 산 있고 계곡 있고
숨 가쁘게 내달리던 원시의 소리 있고
긴 어둠 강을 건너던 부르튼 뗏목 있다

험한 길 걷는 동안 못 박히고 뒤틀렸지만
속울음을 삼키며 순종해온 너를 향해
무수히 많은 길들이 걸어오는 걸 보았다

새벽녘 경쾌하게 내딛는 너에게서
빌딩 숲 울려나가는 청포도 빛 실로폰 소리
절망도 가볍게 넘을 날개 돋는 소리가 난다

자드락비

저, 허공
연금술사가 하늘을 주물러서

배 주린
사람들에게 실컷 먹어 보라며

국수를
찰지게 뽑아 내려주는 잔칫날

전철에서

손잡이 잡으려다 덥석 잡은 흑인 손
순간 놀라 내 손바닥 숨죽이며 들여봤다
까맣게 물들었을 것 같아 등골이 오싹했다

지그시 눈을 감자 떠오르는 아프리카
허기진 모습들이 밀물처럼 밀려와
레일에 엉겨 붙어서 덜컹덜컹 울었다

멀뚱한 검은 아이들 눈망울이 꿈틀거리며
땀에 젖은 내 손에서 방울방울 굴러 나올 때
전철은 굶주린 터널로 빨려들고 있었다

섬진강 봄

섬진강에 봄이 올 땐 왈츠 선율로 온다
악보를 빠져나와 나비가 된 음표들
평사리 들판 가르며
악양으로 가고 있다

초록빛 새소리를 한 두름 꿰어 메고
꽃눈 흠뻑 맞으며 강둑길 거닐다가
여울이 뽑아 올리는
노래에 홀려 있다

경계를 다 지우고 바다로 가는 섬진강
시심을 번뜩이며 비상을 별러 왔던
가슴팍 투명한 시가
물길 차고 오른다

세상에서 가장 작은방

핏덩이 울음에 놀라 십자가가 움츠린다
눈을 떠도 캄캄한 세 뼘 남짓 베이비박스
숨죽인 아기별 하나 보자기에 싸여있다

사연 없는 피붙이가 어딘들 없겠는가
인연의 끈을 잘라 거침없이 버리고
홀연히 사라져간다 벼랑 끝 저, 어미별

무너진 세상 모퉁이 팽개쳐진 퍼즐이
제자리로 돌아갈 해피엔딩 꿈꾸지만
어둠이 너무 깊은지 자리 찾지 못한다

서운암 한 컷

장경각 갇혀 있던

불경들이 마실 나와

햇살에 몸 섞으며

들꽃 길 바자닌다

풍경은 가슴팍에서

울음 몇 점 꺼내 놓고…

제4부 / 평화에 긋는 밑줄

밑줄

구겨진 신문을 펴자 솟구치는 전쟁 소식
포연에 묻힌 청춘들 곤두박인 진흙 뻘엔
신음이 검붉게 터져 불길처럼 번진다

눈뜨고 읽을 수 없는 에일듯한 내력들이
덜컹이며 내달리는 협궤열차 같아서
아, 차마 읽지 못하고 먼발치만 보고 있다

피 젖은 들꽃들이 흐느끼는 드네프르강
실체적 진실마저 쓸려간 긴 강둑엔
길 잃은 영혼들 모여 천둥 울음 울고 있다

피눈물 흘러가서 흑해에 잠겨들 때
종전을 위한 기도가 줄임표로 놓이고
평화에 긋는 밑줄도 죽은 듯이 멈췄다

리모컨 왕국

내가 머문 사무실 두 평 남짓 컨테이너
혹독한 추위에 진저리를 치지만
누구도 부럽지 않은 나의 왕국 내 리모컨

지금 내가 권력이다, 누구도 막을 수 없다
아베도 트럼프도 푸틴도 시진핑도
가볍게 내 손끝에서 한순간 피고 진다

하물며 무엇하랴 껄떡대는 조무래기들
물어뜯고 짖어대는 하이에나 무리들
잠시도 머무를 틈 없이 "굿바이" 하면 되는 것을

너븐숭이

음산한 안개가 울컥 북촌리를 토했다
끊일 듯 이어지며 신음이 흘러내리는
어느새 난, 이끼가 검은
세월 숲에 들었다

눈물이 탄환처럼 박혀있는 돌무덤
외마디 비명마저 차마 지르지 못한 채
온몸이 만신창이 된
핏덩이들이 꿈틀댔다

어둠으로 포장한 독한 세월 밀어젖히고
뼈마저 녹은 아이들 그림자가 걸어 나왔다
유채꽃 자지러지며
거품 뱉을 무렵이다

오징어

지독한
위선의 입과

간교한
지느러미와

종내는
납작하게
눌려진 네 이력을

쐬주에
곁들여 먹는

호사스런
봄 나절

동백 필사

중산간 둘러 퍼진 해맑던 웃음소리가
총부리에 흩어져 눈먼 세월 칠십 년
녹이 슨 빗장을 열자 갇힌 울음 쏟아졌다

저건 분명 꽃이 아냐, 아무렴 꽃이 아니지
구멍 난 앙가슴에서 흘러나온 핏덩이를
꽃인 양 꺼내어 들고 흐느끼고 있는 거지

원혼 곡 한 구절을 한지이듯 펼쳐놓고
비수보다 푸른 붓으로 쓰고 싶은 동백 필사
난 차마 쓸 수가 없어 돌아서고 말았다

청소부의 하루

삶에서 버려진 것들 종일토록 줍는다
뒤틀린 생각들과 이념의 부스러기
뉴스를 뛰쳐나온 언어
전쟁의 내력까지

역하게 나뒹굴던 위선의 껍질들을
말끔하게 주워버린 곳 달빛이 차오를 때
눈물은 성근 나무에
보석으로 맺힌다

탁주에서 피고 있는 걸쭉한 노랫말이
응어리진 것들을 달콤하게 녹이는 밤
살아서 뜨거운 하루가
밑불로 타고 있다

은목서

담 너머 뒤꿈치 들고 상강이 지나갈 무렵
둘레길 소복하도록 아린 향을 뿌리는
은목서 넌, 천국에서 외출 나온 꽃이었다

전장에서 밀려온 눈이 먼 아우성을
주술이듯 굴리는 네 안의 핏빛 울음
오늘도 곪아 터진 귀에 넘치도록 채웠다

지상의 혼란 끌고 하늘로 돌아가서
잔별로 반짝이며 기도하는 꽃자리
은목서 넌, 테레사의 미소만큼 고왔다

악수에 대한 느낌

고된 삶 비탈길을 단숨에 갈아엎고

구릿빛 웃음으로 손 내미는 야성의 사내

대지가 꿈틀거리는 결 다른 느낌 있다

바람 드센 바다에서 파닥이는 파도를

단박에 낚아채서 번개처럼 달려와

엉겁결 쥐여주고 간 짜릿한 느낌 있다

어둠에 서성이는 슬픔 젖은 눈썹달과

호수에 잠긴 별빛 한 무더기 담아 와서

은목서 꽃으로 피운 가을 섞인 느낌 있다

짧고 긴 여운 따라 에돌아간 느낌들을

촘촘히 엮어놓은 애틋한 인생의 부록

생각이 우련 부풀 때 한 장씩 넘겨본다

구멍난 검정고무신

검게 삭은 구멍에서 사내가 걸어 나온다
복사 빛 뻐꾸기 소리 물오른 피리 소리
마을 앞 정자나무에서
찰랑대던 별소리까지

소매 끝 콧물 반질댄 까까머리 아이가
캄캄한 노동 터널 달려온 지 반백 년
취기에 흠뻑 젖은 채
그렁대며 걸어 나온다

고통이 슬어 놓은 날들이 부화하는지
무논의 개구리울음 곡하듯 따라 나온다
쪼여도 따라지뿐인 일생
꽃 무덤에 든 아픈 봄

일상 탈출기

혹독한 일상에서 비스듬 빠져나와
땀에 젖은 날들을 모래톱에 널어놓고
보드란 햇살 둔덕에 나를 던져 보는 일

구름을 베고 누워 발가락 까닥이며
하늘에 붉은 줄 긋는 잠자리 나래 위에
설레는 뭇 생각들을 가볍게 얹어 보는 일

둑방 길 어우러진 들꽃의 속삭임과
바람에 잘강이는 알알이 여문 시와
몸뚱이 쩌–억 금 가는 석류에게 놀라는 일

내 안에 가두어 놓아 꿈틀대는 소리를
먼발치 달려가도록 빗장 가만 열어놓고
지평선 두어 뼘 잘라 꽃다발 묶어 보는 일

터널의 식사

매끈한 김밥들을 쉼 없이 삼키며 살지
둘둘 말린 내용물엔 다소곳한 인간들

오늘은
뱉고 싶었어

전쟁 소식
씹혀서

낙엽이 쓴 유서

청개구리 울음처럼 나도 한땐 파릇했다
고흐의 캔버스에 유채화로 스며들어
강렬한 색채로 남아 춤을 추고 싶었다

벌레 먹은 이력을 훈장으로 내밀면서
미완의 끝자락에 덧붙이는 한마디
고맙다, 따뜻한 세상 동행해 준 이웃들

나 이제 어느 낯선 가난한 곳에 닿아
평화롭던 날들을 노래로 피우면서
사랑이 움틀 때까지 밑거름이 될 것이다

나이테

겨울이 흩날리는 강둑길 거닐다가
내 마음 들여다보니 엘피판 돌아간다
예순 개 깊은 골마다
낯익은 노래 띄우며

압축된 지난날이 애절하게 흐를 때
가끔은 지직거리는 잡음마저 달콤해서
내 흥에 내가 취한 채
추임새 넣고 있다

새겨야 할 인생의 테 얼마나 남았을까
달무린 듯 은지환인 듯 담금질한 테 하나를
뜨겁게 새겨 넣는다
울림소리 푸르다

한지문을 읽다

넌 이미 나무이면서 포근한 집이었다
온몸을 짓찧어서 한 겹씩 떠낸 살로
빗살문 팽팽히 당겨 시린 별빛 우려냈다

오래도록 젖어들던 처연한 흐느낌을
문양으로 새겨 두고 누렇게 빛이 바랜
벙어리 일대기 담은 가슴 아린 노래였다

깊은 밤 갈기 세운 드센 물결 거슬러
암흑기 헤엄쳐온 빗살 무늬 속에는
칼보다 푸른 목숨이 숨죽이고 있었다

/ 해설 /

서정의 완력 그 내공으로서 은유와 풍자

노창수 | 시인·평론가

1. 서정의 완력

시적 대상의 가치는 사물을 보는 시인의 눈에 의해 좌우된다. 시인이 대상의 내밀한 서정에 천착할 때 시는 비로소 탄탄히 빚어지기 마련이다. 이때 시는 감동적 발현과 생태적 방향을 주도하며 운율을 타게 된다. 필자는 한 비평론에서 '서정의 완력'이란 말로 이를 강조한 바 있다. 여기서 '완력'이란 시가 마무리에 이르도록 대상에의 서정성이 완미完美되는 걸 말한다.

김강호 시조에서 서정의 직조 능변을 보게 된 것은, 여러 매체에 발표된 그의 작품에 어떤 필이 꽂히

고서이다. 그 정점頂點이란, 감정의 혈에 놓은 침의 효험과 같은 떨림과 더불어 촉감의 끼침을 느끼게 된 것이다. 그건 모처럼 조우한 친구의 손처럼 따뜻한 악력握力으로 전해온 경험이 있다. 이제, 그의 이런 서정적 완력에 대하여 작품을 몇 골라 헤적여 볼까 한다.

어둠이 굴려내는 보름날의 굴렁쇠가
지상으로 굴러와 문에 턱, 박힐 때쯤
뎅그렁 종소리 내며 내간체로 울었다

원형의 기다림은 이미 붉게 녹슬었다
윤기 나던 고리 안에 갇혀 있던 소리들이
키 낮은 섬돌에 내려 별빛으로 피고 졌다

까마득한 날들이 줄지어 둥글어져
알 수 없는 형상으로 굳어 있는 커다란 굴레
어머니 거친 손길이 다시 오길 기다렸다

–「녹슨 문고리」 전문

한옥에 쇠문고리는 문의 부속품 가운데 일종이다. 거기 사람이 드나듦에 개폐開閉 기능을 맡는 도구이다. 이 문고리로부터 화자는 "보름날의 굴렁쇠"가 "굴러와 문에 턱, 박"히는 형상形象으로 모양과 소리를 함께 동기화한다. 이어 "뎅그렁"하는 성상聲象을 추동하기도 한다. 문고리를 달그락거리며 출입하는 방엔 그 가족만의 "내간체" 같은 이야기나 사연이 깊다. 그래, 평온한 문 안쪽의 가족담家族談은 매우 다양할 터이다. 그 담화란 원시遠視부터 근시近視로 시계視界가 근축된다. 한데, 오늘날은 문 쇠고리에 담긴 내간체內簡體는 그만 적요에 눌려 있게 된다. 나아가 허기虛氣를 부릴 기력조차도 없어졌다. 한때 건재함을 사람들에게 알렸지만 지금은 주인 없이 제 정적을 감당하느라 녹을 옷처럼 빌려 입었다. 옛 번성하던 농사터에, 또는 학교나 직장 일이 끝난 후 들어서면 의심 없이 당기던 문고리가 아니던가. 당시는 대식구라 그는 잠자코 있을 새가 없었다. 어머니와 아버지는 문고리 부근에 푸댓종이나 헝겊, 아니면 국화잎을 넣어 창호지가 닳아지는 걸 막기도 할 만큼 사람의 들락날락이 심했다. 한데, 그 집의 마지막 주인이라 할 어머니조차 안 계신지 오래여서 문고리는 녹슨 고독에 아주 빠져들게 된 것이다.

이 시조는 한때 분주한 문소리를 소환해 와 지금의 가족 해체를 대변한다. 당시의 서정적 완력을 이끄는 화자에게 큰 아쉬움과 회한을 귀속시킨다.

김강호의 시조에서는 사물에다 어머니를 자리해

서정의 완력을 보인 작품이 이외에도 많다. 예컨대 「어머니의 눈」, 「담채화」, 「메마른 가슴 우물에 당신이 울컥 넘쳐서요」, 「빛바랜 일기」 등이다. 위의 「녹슨 문고리」는 어머니 손길이 화자에게 끼쳐오듯 그 체온의 부재를 대신한다. 비록 침묵하는 문고리지만 어머니적 서정이 깃들기를 간구하는 것이다.

섬진강에 봄이 올 땐 왈츠 선율로 온다
악보를 빠져나와 나비가 된 음표들
평사리 들판 가르며
악양으로 가고 있다

초록빛 새소리를 한 두릅 꿰어 메고
꽃눈 흠뻑 맞으며 강둑길 거닐다가
여울이 뽑아 올리는
노래에 홀려 있다

경계를 다 지우고 바다로 가는 섬진강
시심을 번뜩이며 비상을 벌려 왔던
가슴팍 투명한 시가
물길 차고 오른다

—「섬진강의 봄」 전문

섬진강은 남도 시인들이 주로 다루는 소재이다. 이 시조는 강을 시각화하는바, 전편에의 서정율抒情律이 마치 관수灌水를 맞은 듯 독자를 흠뻑 젖어 들게 만든다. "경계를 다 지우"는 강물은 "번뜩이며 비상"도 하는데, 강이 "투명한 시"로 변환되는 듯 기미機微도 작동함을 느낄 수 있다. 시인의 탐미주의적 시각으로 쓴 이 작품은 도원경桃源境이나 시원경詩源境, 그 점층법적 서경을 화자의 완력 아래 깔고 짐짓 독자의 서정을 엿본다.

첫째 수에서는 섬진강을 맞는 화자의 쇄락灑樂이 "왈츠 선율"로 이어지는데 거기 "빠져나온 음표들"이 나비처럼 뛰논다.

둘째 수에서는 "초록빛 새소리"를 "뽑아 올리는 노래"로 휘어드는 강을 알레고리화 한다. 이 시원경은 곧 도원경에 이른다. 그러니, 자식이 첫 월급을 탄 효도기념으로 사 온 라디오를 오지게 들여다보며 듣고 또 듣던 옛 아버지의 벙글어진 얼굴처럼 시청각적인 감각을 동시상영과 같은 표정에 함께 얹은 격이다.

셋째 수에서는 "경계를 다 지우고" 함께 흐르는 바그 혼융율混融律에 화자의 감정을 싣는다. 그 동안 견딘 삶이 이제는 굳은 획책을 풀고 융융한 그 흥을 찾아가는 중이다. 오래 기다린 봄을 노래하고 있음에서 그게 드러난다.

이 시조는 삼단三段으로 구성되어 있다. 즉 (1)〈왈츠의 선율〉은 '나비가 된 음표들이 가르는 평사리 들판', 그리고 (2)〈여울의 노래〉는 '초록빛 새소리를 꿰어 멘 한 두릅', (3)〈투명한 시〉는 '시심을 번뜩이며 벌려 온 비상'으로 연결되어 각각 짝의 고리를 만든다. 상징적이나 구체적인 서사, 그러니까 장章의 복합구성이란 점에서, 여타의 춘강春江 류의 작품과는 차별화 됨도 말해준다.

흔히 알기로 '섬진강' 하면 김용택을 꼽는다. 송수권은 남도가락을 섬진강 변의 창작실인 '어초장魚礁莊'에 꾸리고 강물의 시를 오래 써 왔는데, 그걸 자세히 아는 사람은 많지 않다. 하면, 김강호의「섬진강의 봄」은 시조로 노래하는 최초 극서정이 될 듯해 보인다, 화자의 "가슴팍"에 담는 "투명한 시"를 그 섬진강으로부터 건져와 완력적 서정으로 옮기는 이유에서이다.

2. 이미지의 층위적 구성

다음으로, 그의 작품에서 눈여겨본 대목은 이미지의 층위이다. 사실 시적 층위의 양상은 시인마다 다르다. 관련하여, 현상학적 비평을 전개한 폴란드의 비평가 로만 인가르덴Roman Ingarden이 설정한 '적용태

適用態'에다 '발'의 이미지를 관련지어 본다. 그는 화자 구조에서 '성층'의 체계[1]가 삼단으로 발현 · 유지된다고 설명한 바 있다. 즉 (1)'소리의 성층成層', (2)'의미의 성층', (3)'양층이 중첩되는 성층'으로 설정한 게 그것이다. 이와 관련, 김강호의 작품에서 다음 「발」을 예시로 주목해 볼 수 있지 않을까 한다.

너를 가만 들여다보면 산 있고 계곡 있고
숨가쁘게 내달리던 원시의 소리 있고
긴 어둠 강을 건너던 부르튼 뗏목 있다

험한 길 걷는 동안 못 박히고 뒤틀렸지만
속울음을 삼키며 순종해온 너를 향해
수많은 길이 다투어 걸어오는 걸 보았다

새벽녘 경쾌하게 내딛는 너에게서
잠이 든 빌딩 숲을 깨우는 실로폰 소리
절망도 가볍게 넘을 날개 돋는 소리가 난다

– 「발」 전문

---

1) 로만 인가르덴, 이동승 역, 『문학예술작품』, 민음사, 1985. 291쪽 참조. 조남현, 『조남현평론문학선』, 문학상사사, 1997. 22~23쪽 참조(로만 인가르덴의 성층설은 기왕에 나온 현상학적 방법의 체계화로 볼 수 있으며, 철학이 시 작품의 해석 방법으로 손색이 없다는 개가이기도 하다. 이는 작품 속에 표현된 세계의 깊이와 영역을 포괄하는데 그 뜻을 둔다).

화자에게 알 듯 모를 듯 끌려온 발이다. 그건 개인사를 기록할 대상이지만 내세우질 않는다. 발이 남모르게 답사踏史를 진행해 온 점에서 그렇다. 우린 발로 답보踏步나 답사踏査를 거듭해 왔다. 첫수는 "산"이나 "계곡"으로 "내달리던 원시"에 비유하여 발이 걸어온 바를 말한다. 그리고 오래 걸어 "부르튼 뗏목"이 다 된 발을 대유代喩해 보인다. 둘째 수는 고난을 겪은 발의 행적, 지금 와서도 다 토로하지 못할 깊은 "속울음"에 발을 풍유諷諭한다. 그 동안 발은 험로를 거쳐와 "못 박히고 뒤틀린" 지경까지 이르렀다. 그가 걸어온 건 가시밭길이지만 무릇 환경에 "순종"하지 않았던가. 그래 발은 헤아리기에도 벅찬 편력을 지녔다. 셋째 수에서는 "새벽녘"에 탄탄 튕기는 발의 의욕을 전한다. 해서, 발은 매일 힘겹게 걷고 있지만 이제는 "실로폰 소리"처럼 떠는 "날개"로 우화羽化할 것을 기대한다. 그러므로 화자는 고초를 겪는 환경에서도 날아갈 듯이 걷는 그 발의 승리를 말하고자 한다

김강호의 이 「발」에 나타난 이미지를 로만 가르덴의 성층에 대입하면 (1′) 〈소리 성층〉인 '산, 계곡, 원시, 뗏목'과 (2′) 〈의미 성층〉인 '속울음, 순종, 길'로 나타나고, 다시 (3′) 〈양층(중첩) 성층〉인 '경쾌한 너, 실로폰 소리, 날개 돋는 소리'로 각각 연메連袂 지을 수 있다. 이는 신심리주의적 정서에 기대어 볼 수 있으나

그 내면의 고통을 묵묵히 견디어온 현실주의로 대변되기도 한다. 그러고도 지금의 발은 건강하고도 희망적이다. 발은 그라운드를 누빈 축구선수처럼 승리를 쟁취하는 게 목표이다. 그러기에 발은 온갖 악천후와 난공을 극복하리라 다짐한다. 경우에 따라 발은 고공탑의 노동자처럼 공중에서 위험천만 목숨을 내놓기도 한다. 저임금을 폭로하랴, 생계를 요구하랴, 뜨거운 철근을 딛고 굳은살을 더욱 다진다. 기억하건대, 한때 군홧발로 민중을 길처럼 짓밟았던 발도 있었다. 하므로 우리 역사는 발로부터 얻은 고통을 딛고 마침내 이룩해낸 '발의 탑'이라 할 수 있다. 아무리 그렇더라도 오늘의 발은 어떤 절망도 넘을 듯 "날개소리"처럼 걷는 그 우화羽化를 꿈꾸는 것이다.

그렇다. 화자가 말한 발의 이미지란, 고난 속이지만 날듯이 걸어가는 자기 발에 성취, 그 완미점을 찍는 일일 터이다.

3. 꽃의 시니피에에서 시니피앙까지

꽃과 나무의 소재는 김강호 작품에 종종 등장하는 대상이다. 사물과 화자의 관계를 승화시키는 매개재媒介材의 역할도 한다. 작물과 꽃에 헌사獻辭는 그의 애틋한 필설일 터이지만, 계기적인 서정의 완력을 보이는 과정으로도 보인다. 예컨대 「너도바람꽃」, 「동강, 붉은 메밀꽃」, 「감자꽃」, 「개복숭아 사랑」, 「은목서」 등에서 그같은 정서가 보인다. 여기서는 '모란'과 '치자꽃'을 예로 든다. 꽃의 존재는 완력을 붙일 만한 그 만개화滿開花가 수순이자 순간일 것이다.

너희는 기도를 위한
믿음의 입술이었다

주린 자들 찾아가
허기를 채워주려고

늦은 봄 담장 아래 모여
삼삼오오 피었다

햇살 같은 기도가
가난에 떨어져서

몇 끼의 양식이 되고
따뜻한 위로가 된다

점점 더 붉게 달아오른

통성기도 한 무더기

―「모란」 전문

사람들에게 찬가讚歌의 상징으로 불리는 '모란'은 늘 미화되기 마련이다. 하지만 이 작품은 통회痛悔와 간구懇求를 다룬다는 점에서 조금은 색다르다. 화자는 꽃을 "몇 끼의 양식" 또는 "따뜻한 위로"로 낯설게 하기를 시도한다. 그걸 예견하듯 모란은 "믿음의 입술"로 피어나 오월 복판에 이른다. 해서 "통성기도"와 같이 무더기 발화發花한 시간을 맞는다. 그에게 꽃은 찬가 대상이 아닌 "주린 자들"을 "채워"주려고 "삼삼오오" 만개한 꽃으로 전환되는 것이다.

이 시조는 기도의 수순, 즉 〈믿음의 입술〉로부터 〈주린 자들의 허기를 채워〉 주고, 〈햇살 같은 기도〉로 〈따뜻한 위로〉를 주는 〈통성기도〉에 이르는 모란꽃처럼 그 다발화 과정을 보인다. 이 서정의 완력은 소외자를 찾아가는 인간주의의 꽃으로 자리매김 된다. 그래서 꽃과 나무를 다룬 그 작품 또한 표피적 언사가 아닌 깊은 휴머니티를 접목시킨 서정의 연역체로써 시적 완력을 돕는 것이다.

폭발성이 강력한
향기를 장착하고

불면에 뒤척이는 밤
숨죽이며 다가와

내 마음 저격해 버린 넌
황홀한 테러리스트

—「치자꽃」 전문

그에게 '치자꽃'이란 평범하지 않은 꽃이다. 꽃은 "테러리스트"로 변전 되듯 비약을 보인다. 예컨대 "내 마음을 저격"한 황홀, 그 자학적인 헌사 또한 그렇다. 그것은 완력의 작품 끝에 힘주어 낙관을 찍는 완미법과도 같겠다. 시에서 비약이란 상투적 의미를 쌓는 단순한 마일리지는 아니다. 그건 부분의 이미지를 넘어 일정액을 적립한 결과로써의 마지막 시기에 타게 될 토탈 금액과 같은 것이다.

작품에서, 꽃이 "불면에 숨죽"여 오다 발화한 순간은 〈본래적 이미지〉이다. 그래 "폭발성이 강한 향기를 장착"하는데, 그게 〈단계적 이미지〉, 다음에 "내 마음 저격"한 실존 〈결과적 이미지〉로 발전된다. '비약하기'에 이르면 시인은 푼돈을 모아가는 내핍 단계를 단숨에 거친다. 그리고 목돈을 요할 때, 비로소 적금을 깨는 최종액, 말하자면 생에 가장 많은 돈을 받게 되는 순간이다. 그게 바로 비약의 때를 맞는 것이다. 꽃을 보기 전 맡아보는 "치자꽃" 향기는 [시상 감추기]의 단계이다. 이를 언어기호로 말한다면 시니피에signifie에 해당한다. 실제 "치자꽃"을 현시함은 [현재적 확대]에 해당한다. 이를 기호로로 보이면 시니피앙significant이 된다. 무릇 비약하기란, (1)적당한 곳에서 멈추기, (2)비장備藏과 비약을 조화롭게 하기 등이다. 갑남을녀의 시가 엿 가락 같이 늘어난 투로 말미암아 실패하게 되는 일을 종종 본다. 그러나 김강호 시조에선 〈독자 유추→감춤→가차 없는 자르기→여운→울리기〉 등이 〈무언–생략–여백–비약〉과 같은 열차에 실려, 완력의 역으로 향하는 그 서정적 이미지가 청명하게 끼쳐드는 것이다.

4. 메타 시조의 가능성

창작엔 왕도가 없다는 건 진리이다. 그래, 없는 왕도를 찾아나선 게 바로 메타시조일 것이다. 메타적 기술, 메타적 글쓰기 또는 초월적 기원으로서 시쓰기를 시도한 대표작이 「시의 해부학」이라 할만하다. 김강호의 메타적 시조로는 「시 굽는 마을」, 「원고지에 대한 생각」, 「M시인에게」, 「시가 불쑥 왔다 간 밤」, 「시편 · 1」 등을 들 수 있겠다.

메스의 날 끝에서 비명이 떨어진다
시마다 색다르게 뿜어내는 찬연한 피를
투명한 비평 그릇에 조심스레 받는다

어떤 시는 단단해서 메스를 튕겨내고
어떤 시는 메스를 피해 정신없이 달아나고
또 어떤 주눅 든 시는 지레 먼저 자폭했다

무성했던 군더더기 말끔하게 잘라낸 뒤
절개한 시편들의 몸통을 봉합하자
침묵은 움켜쥐었던 긴장의 끈 놓는다

문장의 지느러미 날렵하게 뒤집으며
여운의 바다로 가는 등 맑은 시를 볼 때
난 잠시 반가사유상, 엷은 미소 짓는다

– 「시의 해부학」 전문

위에서 말한바 「시의 해부학」은 창작의 메타성을 발휘한다. 시로 빚어지는 바 시에 사유를 찾는 몸부림을 자체 시로 보여주는 기술이기 때문이다. 그는 가족애의 소재로 『아버지』(2008), 사물을 서정적으로 노래한 『귀가 부끄러운 날』(2013), 그리고 정치적 세태를 비꼬거나 풍자한 『참, 좋은 대통령』(2016) 등으로 다양한 작품적 경험을 쌓아 징험徵驗의 단계에 이르렀다. 그 시조에서 "색다르게 뿜어내는 찬연한 피"의 시, 또는 "메스를 피해 정신없이 달아나는" 시, 그리고 "지레 먼저 자폭"을 하듯 주눅이 든 시 등, 그의 닳아진 필설의 횟수만큼 구조와 율의 재구성이 진행된다. 이제 그는 "문장의 지느러미"를 "날렵하게 뒤집으며 바다"로 나아가기를 희구한다. 때마다 "등 맑은 시"를 빚으려 그는 필을 가다듬는다. 해서 "반가사유상"처럼 "엷은 미소"로 바라보길 원하지만 그 화답에 이르는 건 늘 더디다고 말한다.

5. 풍자와 역사의 간극을 비집는 시학

김강호의 시조에서 풍자와 세타이어는 하나의 기술로 보인다. 비판과 풍자의 양태를 리얼하게 보여주는 게 또다른 특징이다. 비판을 비판의 바닥에 깔지 않은, 그러면서도 까무룩 드러낼 틈새를 하나씩 비집는 것이다. 하지만 어느 순간에 사이를 비집어 들도록 끝을 틀어버리는 비수의 기법을 부릴 때도 있다.

이에 대한 작품은 「세상에서 가장 작은 방」과 제주 4 · 3을 다룬 「너븐숭이」 그리고 전통시 「한지 문을 읽다」 등에 나타나 있음을 읽을 수 있다.

> 핏덩이 울음에 놀라 십자가가 움츠린다
> 눈을 떠도 캄캄한 세 뼘 남짓 베이비박스
> 숨죽인 아기별 하나 보자기에 싸여있다
>
> 사연 없는 피붙이가 어딘들 없겠는가
> 인연의 끈을 잘라 거침없이 버리고
> 홀연히 사라져간다 벼랑 끝 저, 어미별
>
> 무너진 세상 모퉁이 팽개쳐진 퍼즐이
> 제자리로 돌아갈 해피엔딩 꿈꾸지만
> 어둠이 너무 깊은지 자리 찾지 못한다
>
> ㅡ「세상에서 가장 작은방」 전문

우리는 OECD 중 최하위의 출산율과 결혼율, 높은 기아율棄兒率을 드러낸 불행한 국가이다. 그건 20년 전부터 제기된 문제였다. 정부와 정치권 그리고 사업주가 만연된 지체증을 버리지 못한 결과가 발등에 떨어진 불의 격이다. 나라 존망의 사태와 마주친 민낯으로 우리는 망연해 있을 뿐이다. 소멸이라는 가파른 벼랑에 이르러 법석을 떨지만 특별한 대안이 없는 듯하다. 시조에서처럼, 베이비박스가 차던 과거엔 그나마 다행스럽다는 걸 깨닫기도 한다. 이제는 그것도 비었다는 기계적 뉴스를 들으며 마냥 민망할 뿐이다. 언필칭 인구는 안보보다 우선할 일이다. 사람이 있어야 국가가 지탱한다는 아주 단순한 이유 때문이다.

이 시에선 "십자가가 움츠"릴 만큼 "세 뼘 남짓" 좁은 "베이비박스"에 있는 강보가 등장한다. "인연의 끈"을 자른 어미를 간절히 바라며 힘겹게 울지만 소식은 종무이다. 아기별이 "돌아갈 해피엔딩"은 방황하고만 있다.

시인은 불합리한 문제를 들춰내어 풍자적 이미지로 바꾸기를 행한다. 특히 이 작품에서는 "지상에서 가장 작은방"에 일어난 문제를 발簾처럼 늘여놓고 뭇 독자가 거길 들여다보게 만든다.

음산한 안개가 울컥 북촌리를 토했다
끊일 듯 이어지며 신음이 흘러내리는
어느새 난, 이끼가 검은
세월 숲에 들었다

눈물이 탄환처럼 박혀있는 돌무덤
외마디 비명마저 차마 지르지 못한 채
온몸이 만신창이 된
핏덩이들이 꿈틀댔다

어둠으로 포장한 독한 세월 밀어젖히고
뼈마저 녹은 아이들 그림자가 걸어 나왔다
유채꽃 자지러지며
거품 뱉을 무렵이다

－「너븐숭이」 전문

제주 4 · 3, 통한痛恨의 핏물은 너븐숭이 돌밭에 묻어 있다. 아직도 피냄새가 그 돌밭 곳곳에 난다. 화자는 너분숭이에 당시 처절한 상황을 떠올린다. 외마디 비명조차 옮기지 못하는 지금의 트라우마는, 피로 만신창이가 된 돌멩이가 사람들을 짓이기며 몸속을 굴러다닌다고 말한다. 지금 너븐숭이를 뒤덮듯 유채꽃밭이 4 · 3의 피를 감추고 있다. 꽃은 피를 은폐하려는 듯 노란 거품을 뱉어내는 중이다. 화자는 망각된 4 · 3을 상기시키는 분분함을 걷어내고 침묵의 돌에 묻은 당시의 절규를 칼끝 같은 펜끝으로 벼리어 내고 있다.

넌 이미 나무이면서 포근한 집이었다
온몸을 짓찧어서 한 겹씩 떠낸 살로
빗살문 팽팽히 당겨 시린 별빛 우려냈다

오래도록 젖어들던 처연한 흐느낌을
문양으로 새겨 두고 누렇게 빛이 바랜
벙어리 일대기 담은 가슴 아린 노래였다

깊은 밤 갈기 세운 드센 물결 거슬러
암흑기 헤엄쳐온 빗살 무늬 속에는
칼보다 푸른 목숨이 숨죽이고 있었다

—「한지문을 읽다」 전문

대체로 문은 집안 분위기를 안온하게 실어나르기를 바란다. 옛날엔 문에 한지를 직접 빚어 창호를 발랐지만 그 절차가 쉽지 않은 일이었다. 닥나무 껍질을 벗기고 다듬어 삶아 짓찧고 물에 거르고 채반에 넣어 담금질과 흔들기를 수십 번 반복하며 마침내 한 장의 종이를 마름질해 내기 때문이다.

시조에는, 한지문韓紙門에 깃드는 일, 또는 거기 젖어가는 처연함을 재현함으로써 문양이 호흡하는 바를 듣게 된다. 빛바랜 질감을 대신해 새 종이로 떠내듯 팽팽한 감흥을 사는 것이다. "벙어리 일대기"를 담은 지난 때의 아픈 한지, 그 역사성을 돋쳐내고 있다. 일제 강점기를 견디어온 빗살무늬의 창, 칼보다 푸른 목숨이 죽지 않고 거기에 이르렀음을 노래한다.

이 시조는 한지 문의 과정을, 첫째 온몸을 짓찧어서 한 겹씩 떠내는 일, 둘째 빗살문을 팽팽히 당겨 시린 별빛을 우려내는 일, 셋째 종이에 오래 젖어드는 처연함을 듣는 일, 넷째 벙어리 일대기를 담은 상실의 울음을 듣는 일, 다섯째 암흑기의 빗살 무늬 속을 숨죽이고 들여다보는 일 등으로 압축해 볼 수 있다. 이러한 어려운 과정이 독자를 차츰 사로잡게 되는데, 그것은 정서를 끌어가는 서정의 한 완결판이기도 할 것이다.

6. 나가는 말

시조의 꽃, 이 꽃을 위해서는 튼실한 줄기와 뿌리가 필요하다.

이 글에서는 감상적 차원이긴 하지만 김강호의 시조 세계를 '서정의 완력'이란 준거에 따라 줄기를 세우고 작품 구조를 병립시키는 등, 미학적 탐색을 농사법과 같은 순으로 전개해 본 글이다.

김강호의 시조를 읽는 기쁨이란, 무엇보다 서정적

사유가 깊어지는 데 있다. 그건 시인의 세계상, 예컨대 단시조적 사유랄지, 또는 연시조 맥락에다 어머니를 연결하는 정서의 방식으로 서정성을 강하게 부여하는 면에서도 그렇다.

한편, 필자는 작품을 읽으며 연속 이미지를 따라가기보다는 정작 그가 미학적으로 갈아엎을 때 더 훈훈해지는 그 땅김을 느낀다. 거기 남다른 믿음을 지니게 되었다. 사실 시조단에는 대상의 겉만 보이는 얕고도 얄팍한 작품들이 많다. 차제에, 박토를 일으키는 심경深耕으로 오늘의 산성화된 시조계가 큰 수확을 예증할 옥토로 바꿀 밭갈이가 요구된다. 짐짓 그에게 기대하는 마음이란, 복토에 쓰일 부엽토를 목하 그루마다 뿌리는 중이기에 그게 필요한 작업임을 검증 비슷하게 논의해 봤다.

시조의 땅, 그 지력地力을 높이며 스스로의 쟁기에 힘을 싣는 김강호 식의 소 모는 기개氣槪야말로 미래 시조단을 제패制霸할 큰 완력임을 새삼 믿으며 차제에 건필하시길 바란다.

다인숲시선 03
당신 생각 소나기로 쏟아지는 날

—

초판 1쇄 인쇄 2024년 5월 30일
초판 1쇄 발행 2024년 6월 10일

—

지은이 김강호
펴낸이 임성규
펴낸곳 다인숲

—

출판등록 2023년 3월 13일 제2023-000003호
주 소 62357 광주광역시 광산구 월곡산정로 20-49 101동 106호
전자우편 a-dream-book@naver.com

—

*책 가격은 뒤표지에 표시되어 있습니다.
*지은이와 협의에 의해 인지는 생략합니다.
*잘못된 책은 교환해 드립니다.

—

ISBN 979-11-982572-9-1 03810

이 도서는 2024년 한국문화예술위원회 아르코문학창작기금(문학 창작 산실) 사업에 선정되어 발간되었습니다.